名づけられた葉

なのだから

新川和江

大日本図書

名づけられた葉
なのだから

もくじ

Ⅰ

II

Ⅲ

装幀＊こやま　たかこ
装画・挿絵＊かみや　しん

I

モンゴルの子ども歌　I

わたしは　ちいちゃな女の子なの
でも　花は
もっともっと　ちいちゃくて
つむのは　とってもかわいそう
山羊《やぎ》さんの目と
おなじいろして　咲いてる　青い花なの

　トール川が
うたをうたって　ながれているわ
トール　トール　ラララ

あの子も　ちいちゃな男の子なの
でも　星は
もっともっと　ちいちゃくて
お空で　ピカピカ光ってる
手をつないで
星をもぎりに　いくのよ　ゆめの中で

トール川が
空をうつして　ながれているわ
トール　トール　ラララ

モンゴルの子ども歌　Ⅱ

クロヤギが
いっぴき　たりない
かぞえても　かぞえても　99
かあさんと馬を走らせ
トール川のほうまで
さがしにきたけれど
みつからない
包《ゲル》のような　白い月が
空に　ひとつ
子ヤギは　まちがえて

あそこへかえって　行ったのかなあ
あきらめて　ひきかえそう
と　かあさんはいうけれど
かぞえても　かぞえても　99
どうしても
いっぴきたりない　では
ぼく　しんぱいで
ねむれない

月のような　白い包《ゲル》が
大草原に　ひとつ
いもうとが　戸口に立って
まってるだろうね　きっと

帰りそびれた　つばめ

つばめが帰りそびれたのは
サザンカが
〈咲くまでいてね〉って
言ったからでした

そのひとことのために
つばめは　なかまが
南へひきあげてしまったあとも
ずっと　のこって
サザンカのそばに　いてあげました

さむいこがらしが
つばさをやぶいてしまいました
でも　つばめは　見たのです
女の子のくちびるみたいな　あかい花が
咲くところも　そして散るところも

おいで　わたしの手に　やさしいつばめ
破れた羽を　つくろってあげよう
しずかにおやすみ　春がくるまで

ゆきがふる

まちに　ふるゆき
ビルの　やねにも
なみきの　えだにも
あのこの　ちいさな
こうもりがさにも
ふる　ふる　おともなく

やまに　ふるゆき
こぐまの　いえにも
こりすの　いえにも

こぼれた　しいのみ
くるみの　うえにも
ふる　ふる　おやすみと

うみに　ふるゆき
ぎょせんの　へりにも
なみの　うえにも
あかちゃんかもめの
きいろい　あしにも
ふる　ふる　そしてきえていく

夏の光がかがやいているうちに

冬が来たら
お山とおなじに
わたしたちライチョウは
真っ白に　衣がえするのよ
そしたら　わたしたち
雪の中で　おたがいに
見えなくなってしまうかもしれない
ひとりぼっちで
きびしい寒さと　さびしさに
耐えなければならない

だから　今のうちに
たんとおしゃべりしておきなさい
お花畑の　花も眺めておきなさい
お山のいただきに
夏の光が　かがやいているうちに
かあさんが　こうして
ついていてあげられるうちに
聞いていますか　子どもたちよ

元旦のツル

新しい年を祝って
タンチョウヅルが舞っている
林をわたってくる風が
笙《しょう》を吹く
潮鳴りが
篳篥《ひちりき》を奏でている
観客のひとりもいない雪野原
けれども天の高いところで
神々が
お屠蘇《とそ》をくみかわしながら

見ていらっしゃる
神々のまなざしのような光が
タンチョウヅルの羽の上に
やさしく降りそそいでいる

冬の海辺で

人っ子ひとり寄りつかなくなった
北国の冬の海辺で
オジロワシはつばさをたたみ
潮騒を聞いてやっている

――沖のほうで
きみは今日も泣いているんだね
でも　誰だって寂しいんだ
仲間がいても
とぶ時は　ぼくもひとりさ

その寂しさが　ぼくのつばさを
こんなに強くしてくれたんだ
幾万の魚をかかえた
きみは　おかあさんじゃないか

めずらしく海が凪いだ
ありがとう　なぐさめてくださって
というように　波が
オジロワシの白い尾羽を洗った

飛ぶ

おほりに浮ぶ　ハクチョウにも
はばたく翼《つばさ》があることを
ある日　知ったら
知らされたら

典雅《てんが》な白磁の置きもののように
愛《め》でていたひとびとは
おどろき　惜しむでしょうか

うつくしい姫君の　かりの姿だと

信じきっていた子どもは
泣いて絵本を　ほうり出すでしょうか

遠い声に呼ばれて
ハクチョウは　ある日飛び立ちます
お城の屋根よりも高く
雪山のいただきよりも　さらに高く

飛ばずにはいられない

さびしくないか　アオサギ
空ははてしなくて
湖のようには　岸辺を持っていない
そこにはおまえの好物の
カエルもいなければ　魚もいない
それでも
飛ばずにはいられないのは
つばさを持って生まれた者の宿命なのか
羽が破れて
痛むことはないか　アオサギ

早く恋びとを見つけ
高い木の枝に巣をかけて
たまごをお産み
深い空で染めつけたような
青緑いろのたまごを

ハトよわたしも

ハトよ
秋になって　冷えこんできた
このてのひらにおまえを載せて
あたためてもらうことができたら
わたしはどんなにうれしいだろう
やわらかな胸毛のおくで
トクントクン鳴っている心臓の音を
このてのひらで感じることができたら
わたしはどんなに力づけられるだろう
何倍も大きい心臓を持って

弱音ばかり　吐いているのは恥ずかしい
いっしょけんめい
ハトよわたしも　生きて行くよ
心の風切羽で
風を切って
ときどきはおまえのように
クルル　クルル啼いて

月夜のうさぎ

まん月の夜
うさぎ小屋の
うさ太郎とうさ子は
ねむらずに
耳を
ぴん　と立てています

とおい昔
月の世界で

おもちつきをしたという
鉢巻をしたご先祖さまの
きねの音を
うさ太郎は
聞いているのでしょうか
ぺったん　ぺったん
きこえるのでしょうか

かぐや姫みたいに
じぶんにも
おむかえの車が
光のレールをすべるようにして

近づいてくるだろうと
うさ子は
心のじゅんびをして
待っているのでしょうか

まよなか　お手洗いに起きて
小屋のようすを
わたしは背のびをして
小窓から　見ています

生きものたち

——コスタリカ・山岳雲霧林《うんむりん》

ハチドリは
いっこくも羽を休めず
せわしなくはばたきながら
ほそいくちばしを
筒状の花にさし入れ
あまい蜜を吸っています

あのようにほそいくちばしと
はばたける羽が　わたしにもあったらと

ＴＶの前で
ため息をついている　お姉さん
わたしは知っています
ひそかに思っているひとが
お姉さんには　いることを――

画面が
ナマケモノに変りました
日に三枚ほど葉を食べるだけで
ナマケモノは
木の枝にぶらさがり
何もせず一日暮らすのですって

いいなあ
口には出しませんけれど
宿題帳から目をはなして
見とれている弟の
そのきもち　わかります
だってわたしも……だから

はげしく落下する
滝に向って　まっしぐらに
飛びこんで行く雨ツバメ
滝の裏がわの岸壁には
巣があって
餌をはこんでくるお母さんを

顔じゅう口にして
ひなたちがピイピイ待っています
母親って　すごいんだ
うちのお母さんも――と思って
涙ぐんでしまいました

II

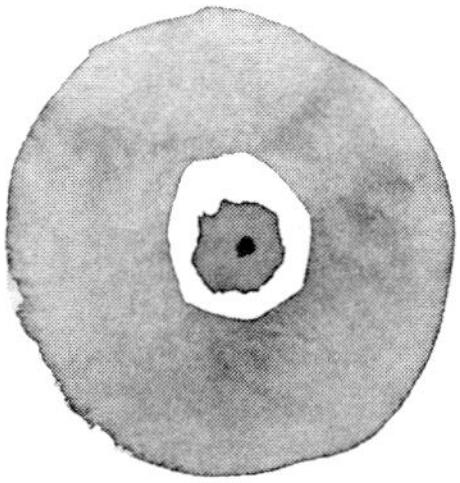

一里塚牧場

うす茶いろの
つけまつげをしたみたいな
うるんだ目で
あの牛が　わたしを
じいっと見たのよ
お母さん

あの牛のミルクで
わたし　育ったのかしら
じぶんの子を見るような
やさしい目で

わたしを見たのよ
お母さん

だまって　わらって
お母さんは
柵《さく》のそばの　草の上に
ピクニックのおべんとうを
ひろげます

そうよ　そうよ
というふうに
五月の風が
吹いています

小さなさくらの木

お父さんと来て　とまった
長崎のホテル
早起きして　ヴェランダから眺めた
外のけしき

小さなさくらの木が
咲いている
仕立《したて》おろしの晴着《はれぎ》を着せてもらった
幼い女の子のように

小さいのに
こんなに咲いてしまっていいのかしらと
こちらが
ハラハラするくらいに　咲いている

まぶしそうに　目を細めているのは
差している朝日のほうで
さくらの木は　ただ
にこにこして立っている

大村湾《おおむらわん》の水が
ゆったり　寄せている

名まえ

みずがめ座
カシオペア座
山羊座
おとめ座
オリオン座……

夜空にかがやく星たちには
それぞれに
すてきな名まえが
つけられているけれど

宇宙《うちゅう》の
ずっとずうっと深いところには
名まえもつけてもらえずにいる
ちいさな星も
あるのではないかしら

わたしもまだ
子どもだけれど
おうちでも　学校でも
ちゃんと　名まえで呼ばれている
おとうさん　おかあさん

ありがとう
わたしも　いっしょけんめい
自分をみがいて
光らせなければ　ね

お母さんが　立っていた

子熊が
キヌガサ草の白い花を
むちゅうになって　食べているすきに
母熊は
そうっと　離れて行くのです

黒部峡谷
案内役の小父さんは
向うの峯のどこかに住む

熊たち親子の　別れの場面を
そのように話してくれた
それきり　もう　母熊は子熊に会っても
知らないふりをするのだと

トロッコ電車の折り返し地点
展望台にのぼると
若い緑や　杉木立のこい緑をぬって
吹いてくる風が　心地よい
谷川をへだて　そそり立つ向うの峯には
五月だというのに
雪渓が白く　いくすじも残っていて

ソフトアイスをなめながら
ぼくはふと　不安になり
ふりかえる

お母さんが　いた
ぼくのお母さんが　日よけ帽子をかぶり
いつもの笑顔で　立っていた

だっこの子

こわくない
おかあさんのおそでに
しっかりしっかり
つかまっているから　こわくない

ワンワンワン！
よその犬がほえたってね
ウウーウ　ウウーウ！
パトカーが走ってきたってね
ピュ－ピュ－ピュ－！

さむい風が吹きつけたってね
まっくらくらの夜がきて
おばけが百匹　出たってね

はなさない
おかあさんのおそでが
ぴりりりんぴりりりん
ちぎれちゃっても　はなさない

かげぼうし

お日さまが
じめんに　お絵かきしたんだよ
たっちゃんには　たっちゃんのかげぼうし
ちいちゃんには　ちいちゃんのかげぼうし
なかよしだから
いつもいっしょの　かげぼうし

お日さまは
まいにち　にこにこ見てるのね

とうさんにも　とうさんのかげぼうし
かあさんにも　かあさんのかげぼうし
なかよしだから
いつもいっしょの　かげぼうし

晩春の庭

ヒメシャラの木の下に
五弁《べん》のちいさな白い花が
たくさん　散りしいています
見あげても
葉にかくれていて
咲いているところは
ほとんど　見えないのですけれど

「おじいちゃんが　これまで
たくさんの人にしてこられた

親切《しんせつ》のようね」
一りんをてのひらに拾いあげて
しみじみと眺めながら
お母さんがいいます

おじいちゃんは
先日　亡くなりました
大ぜいの方たちが
ご焼香にかけつけてくださり
家の者も　はじめて
そのことを知ったのでした

庭先のこのヒメシャラを
これからは
「おじいちゃんの木」
と　呼ぼうと思います
おじいちゃんもよくそうしていましたが
てのひらで幹をみがくと
つやが出てくる木なのだそうです

木かげ

小さな木は　背のびをし
葉っぱもどっさりつけて
この夏やっと
木かげをつくることが　できました

子どもを連れた
買いもの帰りのおかあさんが
「ちょっとすずんで行きましょうね」
大きな木の下のベンチに
荷もつをおいて　腰かけました

「ぼくは　こっちがいい」
子どもはチョコチョコ走って
小さな木の　小さな木かげにはいり
ちんまり　しゃがみました

小さな木は
どんなに嬉しかったでしょう
じぶんのつくった木かげで
はじめて人が
すずんでくれたのです

子どものほそいえりくびや

汗ばんだひたいに
小さな木は
いっしょけんめい　枝をゆすって
風を送ってあげました

来年　子どもはもっと大きくなって
ランドセルをカタカタ鳴らし
この道を走って帰ってくるのでしょうか
でも　だいじょうぶ
木も　もっともっと大きくなります

日よう日のお父さん

森の中には
小人《こびと》の家があるんだ
キノコをとりに行くといって
お父さんは　いつも日よう日になると
いそいそ出かけて行くけれど
ほんとうは　小人の家へ
あそびに行くんだ

森の入り口には
まほうの泉があって

その水をのむと　お父さんは
ちいちゃく　ちいちゃく　ちいちゃくなる
大人のままだと　小人の家の
みどりのドアをはいれないからね

何してあそぶのかなあ
それとも家庭教師《かていきょうし》になって
べんきょう　みてあげているのかなあ

お父さんは
夕方　家へかえってくると
かごの中から　キノコをとり出して
——ほら　マイタケ

――まあ　マイタケ
お母さんをよろこばせる
でもお父さんは
ゴミをとりのぞくふりをして
銀いろの小さなものを
いそいで　ポケットにかくす
小人からもらった
ケイタイだよ　きっと

その頃　ぼくは……

校庭の　センダンの大木の下に
まごみたいな
小さいセンダンの木が　生えていた

木の好きな母さんに
持って帰ってあげたら
ベランダの植木鉢で
たいせつに育てるかもしれない
そう思って　一気に抜こうとしたが

葉を二、三枚しごいてしまっただけで
根は　びくともしない

かんたんなことじゃ　ないんだな
ここに根付いている　ってことは——
ぼくなんか　ふらふら
どこへでも行っちゃいそうだもんね

みちみち　考える
あの幼い木は
しんぼうづよくあそこで育って

やがて大木になり
青空にてっぺんを届かせるだろう
たくさんの小鳥たちを遊ばせてやり
風が運んでくる　遠い国の出来事にも
耳をかたむけるのだろう

その頃　ぼくは
どんなおじいさんになっている?

さやさや

さやさやさや
とうもろこし畠で
風が鳴らす
すずしい音をきいていたら
荒れまくっていた気もちが
さやさやさや
だんだん　しずまってきた

父ちゃんが怒鳴《どな》って
こぶしを振りあげたから

オレも負けずに言い返して
とび出して来ちゃったんだけれど
考えてみればなァ
悪かったのは　オレなんだもの

さやさやさや
もう夜だし　はらもすいてきたし
やっぱり帰って
すなおに　あやまることにするか
さやさやさや
父ちゃん　ごめん
オレ　悪かった
さやさやさや

草いろの帽子

民宿も無かった昔　旅人が軒下で
一夜　雨露をしのがせて貰ったお礼のつもりか
公民館の板壁に
掛けられていた　草いろの帽子

子供だったおじいちゃんは
それを頭にのっけてみた　ザザザ　ザブーン！
――あっ　これ、波の音だよ　きっと
　海だ、海だ、海の音だ！
見たことも無い海へのあこがれが　その時
夏雲みたいにむくむく　胸に湧いたんだって

やがて　谷間の村の中学校を了《お》えると
おじいちゃんは峠を越えて
山のむこうの海辺の町へ行った
働きながら勉強して　外国航路の船乗りになった
行く先々で買った民俗人形や珍しい石の置物が
棚に殖えていった

でも　一番だいじに思っているのは
自分に進路を教えてくれた　帽子のこと
おじいちゃんは言う　ふるさとの公民館へ行ってごらん
今でもあるかも知れないよ
不思議なちからを持った　草いろのあの帽子が

骨も帰ってこんかった

ひいじいちゃんの手の甲には
青いすじが　浮き出ている

わしのォ、体の中の地図だよ
この道をたどって行くと
おまえや　おまえの父さんや　若じいちゃん
みんなの　ふるさとがあるんじゃ

サブはのう、かわいそうじゃった
じぶんの弟の話をする時

ずいぶん昔のことなのに
ひいじいちゃんは　なみだぐむ
戦争にとられて
骨も帰ってこんかった

家族ちゅうあったけえもんもつくれず
若い身空《みそら》で　死んでしもうた
南方の海で
輸送船といっしょに沈没させられて
サブは　死んでしもうた

戦争はいけん
ぜったいにいけん！

大きく首をふり　ひいじちゃんは
ぶるぶる手をふるわせる
青いすじが
いっそう青く　浮きあがる

戦争はいけん
ぜったいにいけん！
ひいじいちゃんの口ぶりをまねて
ぼくも心の中でくり返し叫ぶ
骨も帰ってこんかった
戦争はいけん
ぜったいにいけん、戦争は！

歯がぬけた

ぐらぐらしていた
前歯がぬけた

「おや　下の歯だね
もっとつよい歯をおくれ　って
じゅ文をとなえて
屋根の上へほうりあげると
じょうぶな歯が生えてくるよ」
とまりにきていた
おばあちゃんが言った

よわったな
屋根といっても
ここは10階だてのマンション
おばあちゃんの田舎《いなか》の家みたいに
瓦をのせた大きな屋根は　ない

食べにくい夕ごはんを
どうにかすませたあと
ぼくは　ぬけた歯を持って
エレベーターで屋上へ行った

あ、流れ星！

空も　歯がぬけることが
あるんだね
しばらく夜空を眺めたあとで
「つよい歯をおくれ
　ピカピカ光る　歯をおくれ」
ひとことよけいに　じゅ文をとなえ
ぼくは　にぎりしめていた歯を
星が流れて行ったほうへ
投げた

おばあさまの庭

屋根よりも高い
ヒメシャラの木から
白い小花がひっきりなしに落ちている
掃き寄せても　掃き寄せても
花は降ってくる

ひとりでお掃除するのは
とても　たいへん

でも　だいじょうぶ
おばあさまは　腰をのばし
木を見あげて　ひとり言をおっしゃいます
こんなにもどっさりの花を
おまえも　ひとりで
咲かせたのだものね

ヒメシャラの木のある家に
およめにきて
何十年
おばあさまにも　どっさりの思い出が
あるのでしょう

コデマリの枝に……

コデマリの枝に
うす青いハンカチが
ひろげて　かけられています
おとされたかた
ここにありますよ
と　拾ったひとが
かけて行ったのかしら

きっと
なみだにぬれたハンカチを
どこか遠くへ

風にはこんでもらおうとして
ぐっしょり泣いた女のひとが
かけて行ったのかも
なにか　深い事情《じじょう》があってね
と　おねえさんは　ひとりごと

羽のようにかるくなって
ひらひら　とんで行けるように
事情というのも　忘れてしまえるように
お日さまも
かわかしてあげているのね
と　わたしも
心のなかで　ひとりごと

ここは地球

テレビにうつる
〈月の地平線にのぼる地球〉を
リビングで
見ていました

お兄ちゃんは　塾《じゅく》
お父さんは　まだ会社

真っ暗闇の宇宙に浮かんだ
青いガラス玉みたいな地球を
見ていたら
なんだか　へんにさびしく
こどくな気持になりました

ここは　どこ？
わたしは　だれ？

――先に　ごはんにしましょ
キッチンから　お母さんの

いつもの声がしました
ほっとして
わたしは　立って行きました

食卓には
わたしの好きなハンバーグや
緑のアスパラガス　じゃがいものサラダ
きゅうりもみ
おみそ汁に　ゆげの立つ白いごはん
お父さんのいなかから　けさ届いたという
つやつや赤い　さくらんぼ
みんなみんな

この地球が育てたものばかり
お母さんもね　そしてわたしもね

――いただきまーす
宇宙のみなし子みたいに見えた
白いかすみがかかった青いガラス玉を
心のなかで
わたしは抱きしめました

Ⅲ

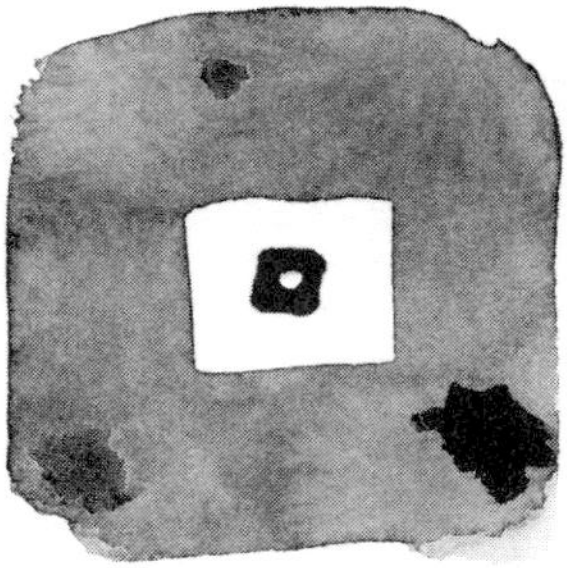

三月の雨

やわらかな雨に
家々のかわら屋根が
しっとり
濡れている

かたい木の芽をほどき
草花の根をしめらせ
――げんきにお育ち
――きれいにお咲き
やさしくうながす
春の雨

ひとつひとつの
屋根の下でも
子どもたちが耳をすまして
雨の声を　きいている

――ぼくも　あしたは
心をひらいて
友だちに話しかけよう
――わたしも　夢を
きれいに咲かそう

青いハンカチ

フミヤくんが
染めて　送ってくれた
青いハンカチ

男の子なのに
布を染めたりするのが
好きだなんて
とお母さんは

はずかしそうに
書きそえていらしたけれど

わたしはとても気にいって
それから　ずっと
使わせてもらっている

洗うたびに
すこしずつ　消えてゆく青は
空へ帰って行くのかしら
フミヤくんの住む町の

あの　うつくしいみずうみに
呼びもどされて　行くのかしら

シンカワサン
ボクト　ブンツウ　シマセンカ
といって
お母さんをあわてさせた
フミヤくんも
今はもう　中学生

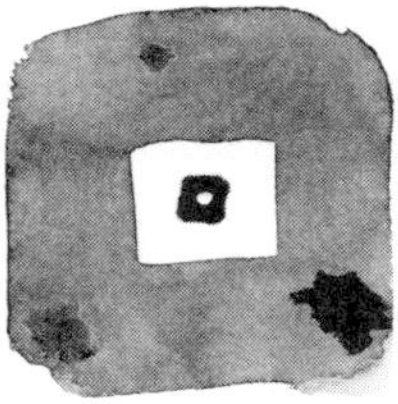

土はえらい

ぼくは　ときどき
忘れものをする
とちゅうで思い出して
とりに帰り
学校にちこくしてしまう

でも
土はちがうよ
春になると

去年　生えていた場所に
スイセンの芽を出させる
ミョウガや
スカンポの芽を出させる

根っこのずうっと深いところ
地球の中心くらいのところに
コンピューターよりも
もっとゆうしゅうな
記憶装置《きおくそうち》が
あるのかな

竹山できこえた

もうタケノコじゃないよ
まよなかに
むっくり　すっくと背のびして
ぼくは竹になったんだ
ふもとの村の分教場に
この春　入学した
西《にし》ん家《ち》のタケシくんより
もっと背が高いよ
中学生の兄ちゃんだって
ぼくにはとても敵《かな》わないよ

土の中に
ぐんぐんぼくを押し上げる力があるんだ
茶色い服が　ハリリ　ハリリと
服のほうからひとりでに脱《ぬ》げてね
ぼくは若竹とよばれる
青いきれいな　はだかになるんだ
朝の光が足もとまでさして
さわやかな風が
天まで伸びろ
天まで伸びろ
とんがり頭をなでて行くんだ
きょうも　いい天気だ

はだし大好き

ぼくたち　はだし少年団
はだしで踏めば
ズーンズーン　ズンズンズンズン
地球のきもちが
足のうらから　つたわってくるよ
　　　　　　　　　　　ズンズン

みんな　はだしが好きなんだ
ポプラ　すずかけ　けやきの木

モックモック　モクモクモクモクモク
天までそだつ
海が光って　ピュイピュイピュイピュイピュイ
とび魚《うお》が　とぷよ
ピュイピュイ

ぼくたち　はだし少年団
はだしで踏めば
ラーンラーン　ランランランラン
地球がはずんで
くるりと　今日《きょう》が　あたらしくなるよ
ランラン

幸福

こちらは　どんより
曇っているのに
むこうの山には日が当っている
屋根や　窓ガラスが
明るく光って
そこに住むひとびとは
みな　幸福そうだ

こちらの野に
日がさしている時

金いろにかがやく稲田を見おろして
そのひとたちも
こちらに住むわたしたちのことを
うらやむことが　あるのだろうか

幸福というものは
どちらに　ある　ない
というものではなくて
見たり　感じたり　考えたり
することが
できる
ということなのかもしれないね

このごろ　わたしは……

山羊語で　鳥語で　たんぽぽ語で
話すことができた
子どものころ

山羊も　小鳥も　たんぽぽも
みんな仲間で
わたしのまわりは　にぎやかだった

このごろ　わたしは
浮かない顔して

ひとりぼっちでいることがある

友だちと日に何回も　メール

電子文字はとび交うけれど

そよ風も吹かない　草のにおいもしない

トオルくんへ

トオルくんの風景画
とってもよく描けているけれど
エゴの木の枝ぶりも
林の中を
海辺へとおりてゆく坂道も
遠くの水平線も
申しぶんなく
よく描けているのだけれど

なんだか　ちょっと
さびしい気がする

空をとんでゆく
鳥が一羽だけでも
畑をたがやすおじいさんが
一人だけでも
アリが　一匹だけでも
（わたしはそこにいなかったのだから
　しかたないとしても）
描きそえてあったら
みんないっしょに生きているんだ

地球はあたたかい星なんだ
ってことがわかって

わたし　もっと
トオルくんが　好きになると思うの

緑の指

植物のめんどうみのいい人を
英語圏では
〈緑の指を持つ人〉というのだと
花壇に水やりをしながら
たのしそうに
話してくださるマリ叔母さん

グリーン・フィンガー
グリーン・フィンガー

わたしも〈緑の指を持つ人〉になって
小さな庭いっぱいに
色とりどりの花を咲かせてみたい
マリ叔母さんのように
枯れかけた鉢の木を
生きかえらせてあげたい

グリーン・フィンガー
グリーン・フィンガー

目には見えないけれど
とほうもなく大きな〈緑の指を持つ人〉が
どこかにいらして

わたしたちがすこやかに育つように
ときどき手を
差しのべてくださっているのかも
見あげると　空に
あたたかな春のひかりが満ちている

雨の日に

傘を持たずにきた子が
放課後　昇降口で
ぼんやり空を見あげている
「いっしょにかえろ」
わたしの傘に
入れてあげる

つめたい雨が
どちらの片ほうの肩にも
すこし降りかかるけれど

こころは　どちらも
まぁるく　まぁるく
あったかいよね

わたし　まえから
仲よしになりたかったの
これからは
てんきの日にも
いっしょにかえろ

給食の時間に

わたしの食器によそられた
ハンバーグ　ポテトフライ　刻《きざ》みキャベツ
食パン二枚　バターとジャム
牛乳

わたし　こんなに
頂かなくてもいいのです
すまない気持で　いっぱいになります
あの子に運んであげてください
ゆうべ　テレビで見て
まぶたの裏にやきついた

どこかの国の
やせおとろえた　はだかの子に

神さま　あなたが
ほんとうにいらっしゃるなら
ジェット機よりも早く飛べる
つばさをお持ちでいらっしゃるなら
わたしの前にくばられた食べ物を
あの子に運んであげてください
明日も　あさっても　それからもずうっと

わたしの服も
とどけてあげてください

わたしの靴も
とどけてあげてください
どんなにおなかをすかせていても
ふしあわせでも
きれいに澄んだ目で
こちらをじっと見つめていた
あの子たちに

大かんらん車

あのあたりまで
昇れたら
なにか　とほうもないお方《かた》の
のどぼとけに
さわれると　思うのだけれど

きょうみたいに
ぽかぽかした陽気の
春の日なんかは
とくにね

少年は

ひとに告げたい思いがあって
少年は　笛を吹いた
告げてはいけない思いがあって
笛を吹いた

窓をあけて

勉強部屋に閉じこめられている空気は
四角い空気だ
その中で一日じゅう机に向っていると
あたまも四角
こころも四角になってくる
いそいで窓をあけ
空気の一角をほどいてやる
さあ　飛んで行け
家々の屋根を越え
冬休みでひっそりしている中学校の庭を一周して

その先は　おまえの気の向くままさ
遠くの森へひとっ飛び
キジバトのあたたかい胸毛の下にかくまって貰って
一夜を明かすのもいいね
海まで足をのばして
ひと晩じゅう波といっしょに叫んだり
岩にからだをぶつけたりして過ごすのも　爽快だろうね
取り外しのきくつばさをぼくは持っているんだ
押し入れにしまってあるそのつばさをつけて
ぼくもすぐあとから行くよ
机ともしばしおさらば！
受験日まで
ぎっしり詰った予定表《スケジュール》ともしばしおさらば！

解析《かいせき》をあと一問だけ片付けて
すぐ行くよ
まぁるくて　はてしなくでっかい空気の中へ
四角いあたまと
四角いこころを解きほぐしに

五月の風に

ポプラの若葉が
五月の風に
ちいちゃな手を　ヒラヒラ　ヒラヒラ
おいでおいでしてるのかしら
それともバイバイしてるのかしら

わたしはいそいそ　丘へのぼって行く
この春孵《かえ》って
はじめて空をとぶ小鳥も
はじめて野に出る
町のおさない子供たちも

田の神さま

百枚の田には
百人の神さまがいらっしゃいます
千枚の田には
千人の神さまがいらっしゃいます
米は　わたしらのいのちの糧
ことしも農事に精を出しますゆえ
神さま　どうぞお守りください
青々と苗を育ててください
田植えどきには
たっぷりと水をよび入れてください
夏の嵐《あらし》は吹きはらってください

雀《すずめ》どもにも荒らされず
ぶじ　とり入れがすみましたら
よい酒をこしらえてささげますゆえ
どうぞ一年　お守りください
祖父《じい》さまのそのまた祖父さまの代から
わたしらの田にお住まいの神さま
となりの田の神さま
そのまたとなりの田の神さま

億光年のかなた

こころを　億光年のかなたへ飛ばす
こころは　光よりも早く飛んで
一瞬のうちに　ぼくは
星座の中にひとつの席を与えられる

「ようこそ　宇宙の転校生！」
まわりの星たちが
親しげにチカチカ　サインを送ってよこす
「よろしく」
ぼくも精いっぱい愛想よく挨拶する

そこでは　思っていることが
みな　かがやきになるんだ

そこからなら　きっと言えると思う
お父さーん　お母さーん
ほんとはとても　大事に思っているんですよ
いつもけんかばかりしていた姉貴よ
たくさんの級友たちよ　先生よ
ああ　なつかしいなあ

でも　ぼくの光がはるばる地球にとどく頃
地球にはもう
お父さんもお母さんもいなくて

きょうだいも　友だちもいなくなっていて
雪みたいに白い花ばっかり咲いている
さびしい野原になっているかもしれないね

「ヒロシ　西瓜を切ったわよ」
階下から　いつになく優しい姉さんの声
ぼくは天体望遠鏡から目を離し
タッタッタッタッタッ　と階段をかけおりる

きょうの陽《ひ》に

これは林檎《りんご》
ことしの林檎
神話の中の林檎じゃない
あれはレモン　ことしのレモン
高い梢で
きょうの陽にかがやくレモン

川が流れて行く
はじめて旅立つ子どものように
いそいそと　たのしげに
きょうの陽にかがやきながら　流れて行く

わたしの中にも
父母《ちちはは》のはるかな川が流れている
振り向けば　なつかしい村もあるけれど
わたしは今　新しい世界に向かって走って行く
自分で自分を洗いながら
たゆまず流れる水のように
こころを磨き　走って行く
ほかならぬわたし自身になるために

あれはレモン　ことしのレモン
志《こころざし》　高く持てよと
きょうの陽に　かがやくレモン

名づけられた葉

ポプラの木には　ポプラの葉
何千何万芽をふいて
緑の小さな手をひろげ
いっしんにひらひらさせても
ひとつひとつのてのひらに
載せられる名はみな同じ　〈ポプラの葉〉

わたしも
いちまいの葉にすぎないけれど
あついの血の樹液をもつ

にんげんの歴史の幹から分かれた小枝に
不安げにしがみついた
おさない葉っぱにすぎないけれど
わたしは呼ばれる
わたしだけの名で　朝に夕に

だからわたし　考えなければならない
誰のまねでもない
葉脈の走らせ方を　刻《きざ》みのいれ方を
せいいっぱい緑をかがやかせて
うつくしく散る法を
名づけられた葉なのだから　考えなければならない
どんなに風がつよくとも

新川　和江

茨城県生まれ。詩人。1960 年「中学一年コース」（学研）に連載した「季節の花詩集」で小学館文学賞、1965 年『ローマの秋・その他』（思潮社）で室生犀星賞、1987 年『ひきわり麦抄』（花神社）で現代詩人賞、『星のおしごと』（大日本図書）で第 22 回日本童謡賞、『はたはたと頁がめくれ……』（花神社）などにより第 37 回藤村記念歴程賞、『いつもどこかで』（大日本図書）で第 47 回産経児童出版文化賞 JR 賞を受賞するなど現代詩の分野で多大な評価を得ている。ほかに『新川和江全詩集』（花神社）がある。

名づけられた葉

なのだから

2011年 3 月25日　第 1 刷発行
2021年12月31日　第 3 刷発行

著者
新川　和江

発行者
藤川　広

発行所
大日本図書株式会社

〒112-0012
東京都文京区大塚3-11-6
電話　03-5940-8679
振替　00190-2-219
受注センター　048-421-7812

印刷
星野精版印刷株式会社

製本
株式会社若林製本工場

ISBN978-4-477-02375-5